El autobús mágico
vuelve a despegar

Unidos o nada

Judy Katschke

BRANCHES

SCHOLASTIC INC.

La clase de la Srta. Rizos

Jyoti

Arnoldo

Rafa

Wanda

Rita

Dorotea

Carlos

Tim

CONTENIDO

Capítulo 1: ¡Día de nieve!   1

Capítulo 2: En marcha al océano   13

Capítulo 3: Aletas secretas   19

Capítulo 4: Pinta de pescado   29

Capítulo 5: Refugio submarino   36

Capítulo 6: En busca de Dardo   41

Capítulo 7: Bocadillo   52

Capítulo 8: Merienda de tiburón   59

Capítulo 9: Unidos o nada   65

Capítulo 10: Aloha, Walkerville   76

Glosario   86

Pregúntale a la Profesora Rizos   88

Preguntas y actividades   92

Originally published in English as
The Magic School Bus Rides Again: Sink or Swim

Translated by Ana Suárez

This book is a work of fiction. Names, characters, places, and incidents are either the product of the
author's imagination or are used fictitiously, and any resemblance to actual persons, living or dead,
business establishments, events, or locales is entirely coincidental.

ISBN 978-1-338-29956-4

4 2021   de

Printed in the U.S.A.   23

Third Spanish Printing 2020

Book design by Jessica Meltzer

CAPÍTULO 1

¡DÍA DE NIEVE!

Ese día nevaba y en la Escuela de Walkerville eso significaba peleas con bolas de nieve.

—¡Allá va eso! —gritó Jyoti.

Las bolas de nieve salían disparadas de su **moderna** máquina de hacer bolas de nieve.

—¡Me pegaste! —gritó Rafa mientras caía en la nieve.

Arnoldo se protegía del frío junto a la puerta.

—Faltan novecientas horas, seis minutos y seis segundos para que llegue la primavera —dijo.

Un patio lleno de nieve era pura diversión para los otros siete chicos de la clase de la Srta. Rizos. Sin embargo, para Arnoldo significaba castañetear de dientes, frío, medias mojadas… y su habitual conteo regresivo para la llegada de la primavera.

—Novecientas horas… —siguió contando.

Estaba tan entretenido que no notó a una pequeña lagartija verde que subía lentamente hacia el techo. Era Lag, la mascota de la clase.

—Cinco segundos —dijo Arnoldo y suspiró.

Lag llegó al techo y se deslizó sobre la panza, derribando una pila de nieve que le cayó encima a Arnoldo. El chico parecía un muñeco de nieve que había cobrado vida.

—¡Ayyyyy! —gritó.

En ese momento, sonó el timbre y sus compañeros regresaron al salón. Los siguió con paso de robot congelado.

—¿Y a ti qué te pasa? —le preguntó Wanda.

—Avalancha en la ropa interior —dijo Arnoldo tiritando.

—No te gusta el invierno, ¿cierto?

—Para mí el invierno está en algún punto entre el queso azul y una cortada de papel —respondió Arnoldo.

—Ay, Arni. Deberías seguir el consejo de la Srta. Rizos: "a mal tiempo, buena cara". Aunque hoy haya mal tiempo, pienso aprovechar al máximo la excursión.

La Srta. Fiona Rizos siempre les enseñaba a sus estudiantes expresiones interesantes o les tenía alguna sorpresa. Sus mayores sorpresas eran las excursiones en el autobús mágico. ¡Los había llevado al interior de un volcán y al espacio sideral! No obstante, la excursión de hoy sería un poco diferente.

—¡No puedo creer que nos deje elegir a dónde ir! —dijo Rita emocionada.

—Dice que nos lo merecemos por aquella vez que casi nos comen —dijo Carlos.

—¿Cuál de ellas? —preguntó el resto de la clase.

—Bueno, yo ya tengo un montón de ideas —dijo Wanda sacando de su bolso un enorme álbum de recortes y poniéndolo en la mesa.

—Oh, ¿es ese tu "Libro gigante de cosas que hay que salvar"? —dijo Rafa.

—No son cosas, Rafa, ¡son especies en peligro! —respondió Wanda.

—Una especie es un grupo de animales o plantas que están estrechamente relacionadas —explicó Dorotea, que era una gran investigadora y le gustaba compartir información con el resto de la clase.

Wanda abrió el álbum.

—¡Esta es una buena idea! ¡Vayamos al Ártico a salvar el helecho de las Aleutianas! —dijo.

Helecho de las Aleutianas

—¿Qué es el helecho de las Aleutianas? —preguntó Rita frunciendo el ceño.

—¿Ártico? Eso suena a frío —protestó Arnoldo.

—¿En serio, Wanda? Tenemos la oportunidad de elegir a dónde ir, ¿y tú quieres que vayamos a un lugar donde hace frío? —dijo Rafa.

—Es muy amable de tu parte querer salvar al helecho —dijo Rita—, ¿pero qué te parece si nos salvamos a nosotros mismos… de congelarnos? Estoy pensando en…

—Hawái —dijo una voz.

Los chicos se voltearon y vieron a…

—¡La Srta. Rizos! —exclamaron todos.

La Srta. Rizos entró al salón de clases bailando el hula. Lag rasgueó las cuerdas de un **ukelele** para lagartijas, mientras la maestra le ponía un collar hawaiano de flores, llamado lei, a cada estudiante.

—No quisiera influir en su decisión, chicos, pero, ¿qué les parece si, por esta vez, nuestra excursión se convirtiera en unas vacaciones tropicales? —dijo.

Los estudiantes armaron un gran alboroto. Unas vacaciones en un lugar cálido era exactamente lo que necesitaban. Bueno, todos excepto Wanda.

—¿Y el pobre helecho? —preguntó, alzando una foto.

Nadie la escuchó. Sus compañeros ya hablaban de surfear las olas y tomar batido de coco.

"Bueno, aunque vayamos a unas vacaciones tropicales, algo voy a salvar, solo tengo que buscar qué", pensó Wanda.

CAPÍTULO 2

EN MARCHA AL OCÉANO

—**T**odos con gafas de sol y protector solar —les dijo la Srta. Rizos a los chicos al subir al autobús—. ¡Eso va contigo también, autobús!

El autobús mágico de la Srta. Rizos era muy especial. Se transformaba en cualquier cosa que ella necesitara. Contaba con un transfigurador, un encogescopio, lo último en informática y hasta un par de gafas de sol nuevas.

Los estudiantes de la Srta. Rizos subieron al autobús. Por primera vez, estaban emocionados con la excursión.

—¡Autobús, haz lo tuyo! —dijo la Srta. Rizos.

El autobús hizo piruetas y dio volteretas hasta que llegó a la isla Nihoa, en medio del océano Pacífico.

—Chicos, recuerden que todavía están en la escuela. Por lo tanto, tenemos que repasar las tres definiciones de esta semana: ¡descansar, relajarse y surfear!

Los estudiantes corrieron hacia el mar. Jyoti surfeaba con su tabla con hélice, Dorotea descansaba sobre una balsa y Arnoldo nadaba con abultados flotadores en los brazos.

Wanda estaba haciendo snorkel en aguas poco profundas y buscaba especies submarinas. Un pequeño pez de rayas azules y amarillas nadaba cerca de ella.

"¡Qué pececito más bonito! —pensó—. Pero, ¿por qué andará solo?"

Wanda se paró y oprimió un botón al costado de su careta para hablar con Dorotea. Ella siempre tenía una respuesta para todo.

—Oye, Dorotea, cerca de mí hay un pez muy pequeñito de rayas azules y amarillas. Te voy a mandar una foto para que me digas qué tipo de pez es.

Wanda se sumergió en el agua y oprimió de nuevo el botón, enviando una foto del pez a la tablet de Dorotea.

—Su nombre común es pargo rayado. Pertenece a la **familia** de los Lutjanidae y al **género** Lutjanus —informó Dorotea.

—¡Gracias, Dorotea! —dijo Wanda.

Se sumergió de nuevo y el pez cruzó como un rayo por entre sus piernas.

—¡Qué lindo eres, pargo rayado! Te voy a llamar Pargo Dardo —dijo Wanda.

Dardo jugueteaba con los dedos de los pies de la chica.

—¡Oye, me estás haciendo cosquillas! —dijo Wanda riendo—. ¿Cómo un pez tan pequeñito puede sobrevivir en un océano tan inmenso?

Como respuesta a su pregunta, oyó un chapoteo y la Srta. Rizos salió a la superficie.

—Qué pregunta tan profunda, Wanda. ¿Cuál crees que sea la respuesta? —dijo la Srta. Rizos.

—Mmm, a lo mejor no corre peligro aquí, entonces… —comenzó a decir Wanda.

—¡Tiburón! —gritó Carlos.

"¿'Tiburón'? Entonces, sí hay peligro aquí", pensó Wanda.

—Retiro lo dicho —dijo, nadando rápidamente hacia la orilla. Pero entonces se volteó y gritó—: ¡No me tardo, Dardo!

¡Wanda acababa de decidir que salvaría a Dardo!

CAPÍTULO 3

ALETAS SECRETAS

Wanda y la Srta. Rizos salieron del agua corriendo. Carlos y los demás estaban parados en la orilla. Todos miraban la tablet de Dorotea.

—Carlos, ¿es cierto que viste un tiburón? —preguntó Wanda.

—Sí, lo vi en la tablet.

—Mira esto, Wanda. ¡Hay tantos animales interesantes en esta isla! —dijo Rita, apuntando a la tablet.

—Por ejemplo, tiburones —dijo Carlos.

—Eso oí decir —dijo Wanda, que aún jadeaba del susto que acababa de pasar.

—¡Aaah, qué criatura más hermosa! —exclamó la Srta. Rizos—. Me encantaría conocerlo.

—¿Podemos ir a buscar al tiburón? —preguntó Carlos entusiasmado—. Yo iría con usted.

—Yo también, necesito saber quién convive con Dardo —dijo Wanda.

"¿Y quién es Dardo?", se preguntaron todos mirando a Wanda.

—Vamos, chicos —dijo la Srta. Rizos, alejándose—. ¡Busquemos a ese tiburón a la usanza local!

—¿Quiere decir, como lo hacen las personas de aquí? —preguntó Dorotea subiendo al autobús.

—No las personas, en este caso, sino los habitantes del mar —respondió la Srta. Rizos—. ¡Autobús, haz lo tuyo!

El autobús se convirtió en un submarino y saltó al agua. ¡PLAF!

La Srta. Rizos se sentó frente a la pizarra de control. Verificó los botones. ¡Había muchos! Uno en forma de jirafa, otro en forma de dinosaurio y otro en forma de pez. Oprimió el botón en forma de pez, ¡y comenzaron a caer galletas en forma de pececitos del techo del autobús!

—¡Ay, no! ¡Botón equivocado! —exclamó la Srta. Rizos.

Entonces, probó otro y... Los estudiantes salieron disparados del autobús, ¡cada uno en un pequeño submarino en forma de pez!

—¡Miren como doy vueltas en mi pez móvil! —gritó Carlos.

—¿Cómo se conduce esta cosa? —preguntó Arnoldo.

—Como dice mi hermana: "arriésguense, cometan errores..." —comenzó a decir la Srta. Rizos por el micrófono del autobús.

—¡Y no tengan miedo de embarrarse! —añadieron los chicos.

—¿Arriesgarse? Me imagino que eso nos da permiso para apretar los botones —dijo Wanda sonriendo.

Probó uno.

—Aleta dorsal **activada** —informó una voz electrónica.

Una aleta dorsal brotó de repente del pez móvil de Wanda y estabilizó su submarino.

—Oigan, chicos, usen la aleta dorsal para no voltearse —dijo Wanda por el micrófono.

ALETA DORSAL

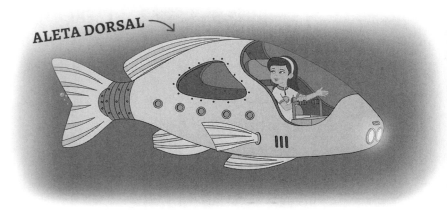

—Mi pancita te lo agradece, Wanda —dijo Tim, y enderezó su pez móvil.

Rafa oprimió un botón.

—Aleta caudal activada —dijo la voz electrónica.

El chico aceleró hacia delante con la ayuda de la nueva aleta caudal.

—Oigan —dijo por el micrófono—, la aleta caudal sirve para moverse hacia delante... ¡y rápido!

ALETA CAUDAL

—Tal vez demasiado rápido —añadió poco después.

Rafa salió disparado hacia Dorotea. La chica oprimió un botón rápidamente.

—Aletas pectorales activadas —dijo la voz electrónica.

Dos aletas aparecieron en los costados delanteros del pez móvil de Dorotea.

—Utilicen las aletas pectorales para guiar —dijo la chica.

La Srta. Rizos sonrió.

—¡Fantástico! Parece que todo va viento en popa.

—¡Wujuuu! Nado como un pez —dijo Jyoti.

—¡O como una sirena! —dijo Rita.

—¡Increíble, puedo nadar como Dardo!
—dijo Wanda pensando en el pececito—. ¡Allá
voy, Dardo!

—Mmm, ¿chicos? Miren —dijo Rafa de
pronto, y tragó en seco.

Una enorme masa oscura y tenebrosa se
dirigía hacia ellos.

—¿Qué es? ¿Un calamar gigante? —preguntó Rita.

—¿Una orca? —sugirió Carlos.

—Sea lo que sea, viene hacia nosotros —dijo Wanda.

—¡AAAAAHH! —gritaron todos al ver que la mancha se acercaba cada vez más.

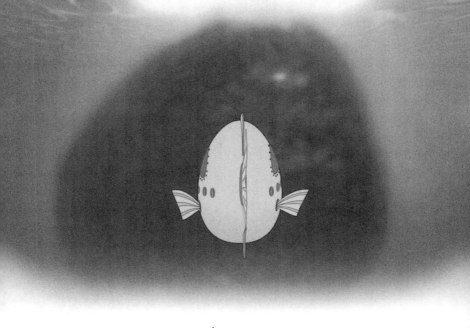

CAPÍTULO 4

PINTA DE PESCADO

—¡**A** correeeeer! Digo, ¡A NADAR! —gritó Rafa haciendo girar el pez móvil.

Los chicos comenzaron a oprimir botones lo más rápido posible para escapar.

Todos, menos uno de ellos, que no se movió de su lugar.

—Escúchame bien, cosa inmensa, malévola y tenebrosa, no dejaré que te interpongas entre Dardo y yo —dijo Wanda, observando la mancha a través del parabrisas del pez móvil.

La mancha se acercaba cada vez más. Wanda cerró los ojos y contuvo la respiración. Pero, cuando los abrió, ¡la mancha había cambiado de forma y ella estaba a salvo! Se encontraba en un inmenso túnel que atravesaba la mancha por el centro.

La masa amorfa no era un calamar gigante ni una orca. Ni siquiera era grande.

Wanda no lo podía creer…

—¡Genial! La mancha no es más que un montón de…

—¡Peces! —gritaron sus compañeros.

—No son un montón de peces: es un banco de peces —corrigió Dorotea.

La Srta. Rizos se inclinó hacia el micrófono.

—Tienen razón, y parece que este banco de peces ha estado practicando acrobacias submarinas.

—Parece mentira que le tuvieran miedo a un montón de pececitos —dijo Rafa riéndose.

—Oh, ya había olvidado lo valiente que eres. ¿Te quieres enfrentar a ese? —dijo Rita.

Los chicos se quedaron mudos al ver una sombra que subía desde el fondo del océano.

—Ayyyyyyyy —gritó Rafa.

—¡TIBURÓN! —dijeron todos al unísono.

Dorotea empezó a dar información.

—Su nombre común es tiburón punta negra de arrecife —dijo nerviosa—. Pertenece a la familia Carcharhinidae y al género…

El tiburón desapareció en el arrecife a la misma velocidad con la que había aparecido.

—¡Qué susto! —dijo Carlos—. Menos mal que tenía otros asuntos entre aletas y se fue.

—¡Pero estuvo muy cerca! Es hora de irnos de aquí —dijo Rafa.

—Chicos, muevan la aleta caudal —dijo la Srta. Rizos.

Los chicos se dirigieron al autobús. Todos menos Wanda, que no podía dejar de pensar en Dardo.

—¡Esperen, no podemos dejar a Dardo! ¿Y el tiburón? Oigan, esperen —dijo llamando a sus compañeros.

Pero todos ya estaban en el autobús. Wanda suspiró y se dirigió hacia allá.

CAPÍTULO 5

REFUGIO SUBMARINO

Al volver a la playa, Wanda les habló a sus compañeros de Pargo Dardo y les explicó por qué estaba preocupada por él.

—Me parece una pregunta interesante: ¿cómo algo tan pequeño se puede proteger de algo tan grande? —dijo Jyoti.

—No es grande. Es **enorme**, con colmillos grandes, afilados y puntiagudos que hacen tac, tac, tac —dijo Wanda mascando.

—¡Miren, un colmillo de tiburón! —gritó Carlos.

—¿Ven lo grande que es? —preguntó Wanda.

—Según mi investigación, los tiburones pueden tener entre cinco y cincuenta hileras de dientes —dijo Dorotea mirando la tablet.

—¡Cincuenta hileras de dientes! —exclamó Wanda cada vez más preocupada por Dardo.

—Algunos peces se esconden en los **arrecifes de coral** para protegerse de los depredadores. Los arrecifes son como un refugio con una puerta diminuta para que entren los peces —contestó Dorotea.

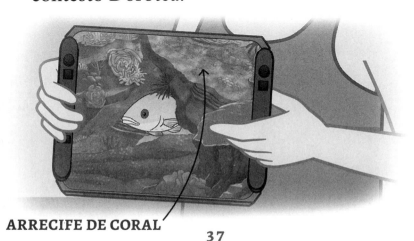

ARRECIFE DE CORAL

"¿Un refugio? ¿Una puerta diminuta para los peces? —pensó Wanda y sonrió—. ¡Ya lo tengo!"

—Jyoti, necesito una casa súper segura y de súper alta tecnología para que Dardo se esconda —dijo Wanda—. Eres buenísima construyendo cosas. ¿La podrías construir?

—Quién sabe. Tendría que ser una casa resistente al agua salada y con la última tecnología —respondió Jyoti.

—Entonces, ¿la podrías construir? —preguntó Wanda otra vez.

—¿De qué color la quieres? —dijo Jyoti guiñándole un ojo a Wanda.

Jyoti juntó herramientas, chatarra, cables, piezas electrónicas, pedazos de coral y caracolas. En poco tiempo, había terminado.

—Aplausos, por favor —le dijo a Wanda—. Aquí tienes mi casa sumergible para peces, con la última tecnología y un sistema de seguridad con video para que la veas por computadora.

Jyoti no había construido una simple casa: ¡era una mansión!

—¡Es perfecta! —exclamó Wanda—. Si ese tiburonazo colmilludo se le acerca a Dardo, me voy a enterar.

Wanda se fue nadando con la casita y la colocó bajo el agua. Dardo se metió dentro enseguida.

—¡Hurra! ¡Le encanta! —exclamó Wanda.

Pero Dardo salió con la misma rapidez con la que había entrado.

—¿A dónde vas?

Dardo no le prestó atención. Se fue nadando mar adentro.

"¡Qué peligro! El tiburón todavía merodea por ahí", pensó Wanda preocupada.

CAPÍTULO 6

EN BUSCA DE DARDO

Wanda se volteó hacia sus compañeros de clase.

—El océano es inmenso y Dardo es muy pequeño. No sé por qué no se habrá quedado en la casita que le hicimos. Tenemos que buscarlo. Sé que aún necesita nuestra ayuda. ¿Quién me sigue? —preguntó.

Nadie le prestó atención. Todos miraban a Lag bailar el limbo en la playa.

—Dardo necesita nuestra ayuda —repitió Wanda.

Los chicos disfrutaban del ritmo tropical mientras Lag se deslizaba por debajo de la vara.

—Seguro que Dardo está bien, Wanda —dijo Rita.

—Y puede que regrese a su nueva casa —añadió Jyoti.

—Además, tiene el arrecife de coral si lo necesita —agregó Dorotea.

—Tómate un agua de coco, Wanda, ¡es hora de divertirnos! —dijo Rafa.

Arnoldo apuntó a su reloj.

—Es hora de volver a ponernos protector solar —dijo.

Wanda trataba de pasarla bien. Aplaudió cuando Lag ganó la competencia de limbo, pero no podía dejar de pensar en Dardo.

—Tendré que buscarlo yo sola —murmuró, y se encaminó al mar—. A no ser que…

Wanda se acercó a la Srta. Rizos.

—Srta. Rizos, ¿podría ayudarme a buscar a Pargo Dardo?

—Claro, veamos qué podemos hacer —dijo la Srta. Rizos.

Wanda sonrió.

—Lag, te dejo a cargo de la clase —dijo la Srta. Rizos—. ¡Vamos en busca de un pez!

La Srta. Rizos y Wanda se apresuraron a subir al autobús, que fue directo a la **orilla** y se sumergió en las profundidades del océano.

Wanda miraba por la ventanilla. ¡Había tantos peces en el mar! ¿Cómo iba a encontrar a Dardo?

De repente, vio un pequeño pargo de rayas azules y amarillas que nadaba entre unas rocas. ¡Era Pargo Dardo!

—¡Allí está! —gritó Wanda, y se subió a su pez móvil—. No temas, Dardo, ¡allá voy!

Wanda se acercó al pececito.

—Te extrañé, mi amiguito escamoso —dijo.

Dardo nadó un momento sobre las algas y se fue.

—¡Oye, espera! —gritó Wanda.

Salió tras el pececito, pero en cuanto lo alcanzó, Dardo nadó en otra dirección.

"Dardo es difícil de seguir —pensó Wanda—. Nunca sé para dónde va".

En ese instante, en la pizarra de control del pez móvil empezó a parpadear un botón azul brillante.

"¿Qué será?", se preguntó Wanda.

Solo tenía una forma de averiguarlo. Le dio un ligero golpecito al botón y…

—Sentido de nadador activado —informó una voz electrónica.

"¿Sentido de qué?", pensó Wanda.

Un globo se iluminó dentro del pez móvil. Wanda se sujetó bien cuando el submarino comenzó a descender rápidamente. Luego ascendió y se estabilizó.

—Ahora nos encontramos a una profundidad **óptima** para nadar —explicó la voz.

—¡Increíble! Parece que el globo ajusta la profundidad —exclamó Wanda.

La chica observó una foto de su pez móvil en el monitor. Una hilera de luces se había encendido, desde las **branquias** hasta la cola, a los lados del submarino.

—Tal parece que las luces reaccionan a algo que hay en el agua, ¿pero, por qué?

—Se aproxima un pez amistoso —dijo la voz electrónica.

El pez era Dardo, que nadaba ahora junto a Wanda.

—Ah, por eso se encendieron las luces —dijo Wanda—. ¡Hola, Dardo!

—Conexión con pez accionada —informó la voz electrónica.

El pez móvil comenzó a nadar hacia arriba y hacia abajo como Dardo. A dondequiera que iba el pececito, Wanda lo seguía. Estaban sincronizados. ¡Qué espectacular!

—Srta. Rizos —dijo Wanda por el micrófono—, estoy **sincronizada** con Dardo. ¿Las rayas de Dardo hacen lo mismo que las luces del pez móvil?

—Adivinaste, ahora son nadadores sincronizados —contestó la Srta. Rizos.

Wanda la estaba pasando tan bien que por poco no se percata de la enorme sombra que se acercaba desde el fondo del océano.

—Quizás sea otro banco de peces —dijo.

Pero, a medida que la sombra se acercaba, Wanda cambió de opinión. Solo podía ser una cosa. Era…

—¡El tiburón! —gritó.

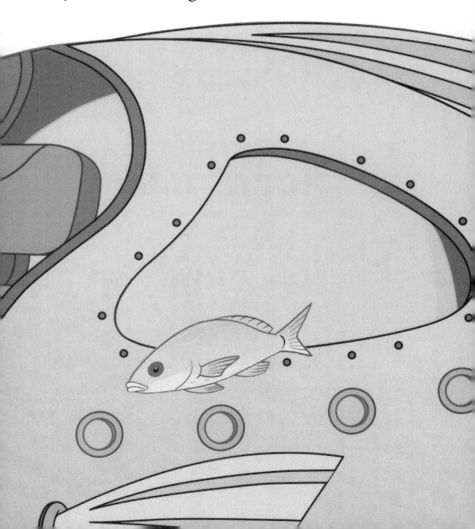

CAPÍTULO 7

BOCADILLO

—¿**P**asa algo, Wanda? ¿Tienes algún problema? —preguntó la Srta. Rizos.

—Nada imposible de solucionar. Voy a distraer al tiburón para alejarlo de Dardo y luego me esconderé —respondió la chica.

—Muy bien. Ten cuidado —dijo la Srta. Rizos.

Wanda le dio un tirón a la palanca de mando para acelerar hacia delante. Dardo nadó hacia delante también, en la misma dirección.

—No, Dardo, nada para el otro lado —dijo Wanda.

Dardo continuó siguiendo al pez móvil.

Entonces, Wanda se dio cuenta: ¡aún estaban conectados! Oprimió de nuevo el botón que parpadeaba y, entonces, se apagaron el medidor de profundidad y las luces laterales.

—Conexión con pez desconectada —informó la voz electrónica.

—¡Vete, Dardo! —gritó Wanda.

El pececito huyó y Wanda buscó un lugar donde esconderse entre unas rocas. Pensaba que el tiburón la seguiría, pero no fue así. ¡El tiburón persiguió a Dardo!

—Ay, no —dijo Wanda.

En ese momento, un enorme banco de pargos rayados iguales a Dardo se acercó.

—Esos deben ser amigos de Dardo. Juntos parecen un animal muy grande —dijo Wanda.

La gigantesca masa brillante de peces se dividió en dos. El tiburón parecía confundido. Primero nadó tras un grupo de peces y después, tras el otro.

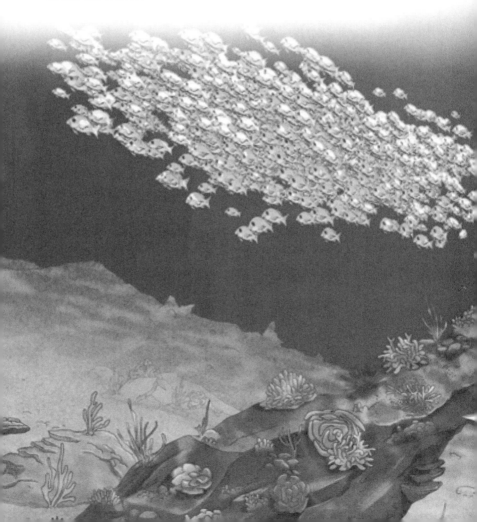

—Así se hace —dijo Wanda riendo.

El tiburón se lanzó hacia un grupo de peces y cientos de pececitos salieron nadando en todas las direcciones.

—¡A almorzar a otra parte! —gritó Wanda.

El tiburón intentó atacar de nuevo, pero esta vez se dirigía hacia Wanda.

CAPÍTULO 8

MERIENDA
DE TIBURÓN

La Srta. Rizos pensó que Wanda necesitaba ayuda. Llamó a sus estudiantes por la tablet.

—Chicos, escuchen, es hora de ir a la escuela —dijo.

—¿A la escuela? Pensaba que hoy no íbamos a decir esa palabra —dijo Rafa.

En la pantalla de Dorotea apareció una imagen. ¡El tiburón se acercaba al pez móvil de Wanda!

Rita no perdió ni un segundo y corrió hacia el mar.

—Tenemos que ayudar a Wanda. ¡Vamos! —gritó.

—¿Es ese el tiburón? ¡Genial! —dijo Carlos.

—Pero Wanda está a punto de convertirse en su merienda —dijo Jyoti.

—Bueno, eso no es tan genial —dijo Carlos soltando un suspiro.

—Hicimos bien en no quedarnos en casa hoy. Wanda necesita nuestra ayuda —le dijo Arnoldo a Lag cuando corrían al autobús.

—Llegó la hora de la operación "Rescate de Wanda" a la usanza local —dijo la Srta. Rizos.

El autobús se convirtió en un submarino y transportó a la clase al fondo del océano.

Lanzó a los chicos en sus peces móviles al agua. Pero Wanda no se veía por ninguna parte.

De pronto, Carlos vio un pez móvil detrás de una roca.

—¡Wanda! —gritó.

Wanda vio a Carlos. Estaba cerca y no andaba solo. ¡Lo acompañaban Rita, Tim, Jyoti, Dorotea, Rafa y Arnoldo!

—Wanda, ¿estás bien? —preguntó Rita.

—Pensé que estaban demasiado ocupados para ayudar a Dardo —dijo Wanda.

—Sí, pero nos preocupamos por ti —dijo Tim.

—Estamos aquí para ayudarte. Necesitas ayuda, ¿no es cierto? —dijo Dorotea.

—¡Sí! ¿No vieron el tiburón? No puedo salir de aquí sin evitar encontrarme con él —dijo Wanda.

—Entonces necesitas a tu propio banco de peces: ¡nosotros! —dijo Tim.

CAPÍTULO 9

UNIDOS O NADA

—Quédate aquí, vamos a tratar de distraer al tiburón —le dijo Rita a Wanda.

Rita le pasó por el lado al tiburón en su pez móvil y el animal se volteó y empezó a perseguirla. Wanda sabía que esta era su única oportunidad.

Salió de detrás de las rocas rápidamente, pero el tiburón era rápido también. Comenzó a perseguirla, pero se encontró con Arnoldo.

—¡Ay, a mí no me comas! —gritó Arnoldo—. Tengo sabor a protector solar. Estoy seguro de que no te gustará.

Accionó la palanca de mando y su pez móvil se viró boca abajo, para luego acelerar como un rayo saliendo del alcance del tiburón.

El tiburón miró a su alrededor en busca de una nueva presa… ¡Dorotea!

—Oh, oh, según mi investigación, seré engullida —dijo Dorotea, y tragó en seco.

Wanda se acercó.

—¡Oye, tiburón! —gritó.

El tiburón se olvidó de Dorotea y persiguió de nuevo a Wanda. Luego fue tras Carlos.

—No podemos pasarnos el día entero en esto —dijo Carlos.

—Como dice el dicho, ¡en la unión está la fuerza! —gritó la Srta. Rizos.

"¡Unidos! ¡Eso es!", pensó Wanda, y sonrió.

—¡Conexión con pez, conexión con pez! —gritó por el micrófono del submarino.

—¿Qué? ¿Te dio acidez? —preguntó Rafa.

Wanda movía la mano frenéticamente señalando la pizarra de control.

—¡No! Opriman el botón de la conexión con pez AHORA MISMO. Es el botón azul intermitente que tienen delante —exclamó.

En cuanto Wanda oprimió el botón, se encendió el medidor de profundidad y aparecieron las luces a los lados de su pez móvil.

—¡Ya veo! —dijo Jyoti, oprimiendo el botón.

—Conexión con pez accionada —informó la voz electrónica.

Las luces del pez móvil de Jyoti se encendieron. Su submarino quedó perfectamente sincronizado con el de Wanda.

El resto del grupo hizo lo mismo.

—¡Síganme! —dijo Wanda.

El banco de peces móviles avanzó por el agua. Se movían hacia arriba, hacia abajo y de lado a lado… todos al mismo tiempo.

—Es como si tuviéramos un cerebro gigante de pez —dijo Carlos.

—Suena asqueroso, pero es genial —dijo Rita, riéndose.

Unidos, los chicos burlaban al tiburón con cada movimiento.

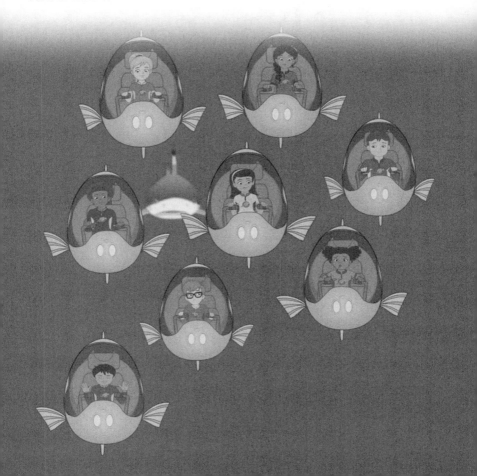

—Como dice mi hermana mayor: ¡wujuuu! —dijo la Srta. Rizos.

Sin embargo, aún no estaban a salvo. Habían logrado burlar al tiburón un rato, pero él no era ningún tonto. Tenían que escapar de allí cuanto antes.

—Vamos a darle a este tipo una lección. ¿Se acuerdan de cómo nos asustamos con la mancha gigante? —dijo Wanda.

—¡Seguro! —dijeron los chicos.

—¡Pues formemos una mancha gigante! —exclamó Wanda.

Los chicos empezaron a formar una gran mancha de peces móviles. Juntos eran más grandes que el tiburón.

El banco de peces móviles se dirigió al tiburón. La mancha se veía tan grande y potente que el tiburón no sabía qué hacer.

Se dio la vuelta, pero el banco de submarinos lo siguió.

—No te escaparás tan fácilmente —dijo Carlos.

Por fin, el tiburón desapareció en las oscuras aguas del océano.

—¡Hasta la vista! —dijo Wanda.

—Asustamos al tiburón. ¡Le ganamos!
—exclamó Rita.

—¡Unidos! —agregó Wanda.

Los peces móviles se dirigieron al autobús.

—Chicos, es hora de volver a la escuela
—dijo la Srta. Rizos—. ¡Autobús, haz lo tuyo!

CAPÍTULO 10
ALOHA, WALKERVILLE

Los estudiantes de la Srta. Rizos le dijeron "aloha" al soleado Hawái y a la fría y nevada Escuela de Walkerville. "Aloha" quiere decir "hola" y "adiós" en hawaiano.

La Srta. Rizos cantaba en hawaiano mientras colgaba un afiche de Hawái en la pared del salón.

—¿Qué quiere decir la letra de esa canción? —preguntó Arnoldo.

—Que ya no tendremos más clase por el resto de nuestras vidas —bromeó Rafa.

—No, Rafa. Cantaba en hawaiano que la excursión de hoy estuvo increíble —explicó la Srta. Rizos.

—Estuvo súper genial —añadió Tim.

—Lo hicimos muy bien y asustamos al tiburón como si fuéramos un pez —dijo Carlos.

—No puedo creer que haya pasado tanto trabajo para salvar a Dardo, cuando él ya tenía toda la ayuda que necesitaba —dijo Wanda.

—Ese pez tiene muchos amigos fabulosos —dijo Jyoti.

Wanda les sonrió a sus compañeros de clase.

—Como yo —dijo.

—Lo único que quisiera saber es por qué tuvimos que regresar tan pronto de Hawái —dijo Arnoldo soltando un suspiro.

—Bueno, trato de terminar las excursiones antes de las tres de la tarde —dijo la Srta. Rizos.

—Me hubiera gustado que esa durara hasta las tres de la tarde, pero de un día de verano —dijo Arnoldo.

Los demás estudiantes se rieron y luego miraron por la ventana las heladas montañas de hielo y nieve.

—Bueno, como nadie quiere salir afuera —dijo Wanda, alzando su enorme álbum de recortes—, ¿quién quiere aprender sobre el helecho de las Aleutianas? Me gustaría decirles que...

La puerta del salón se abrió y se cerró estrepitosamente antes de que pudiera terminar la oración. Todos, hasta Arnoldo, habían decidido enfrentar el clima del mundo exterior.

—Míralos cómo juegan juntos. ¿Te recuerda eso algo, Wanda? —dijo la Srta. Rizos mirando por la ventana.

Wanda oprimió un botón imaginario.

—Bip, en efecto. Conexión con chicos accionada —bromeó, dirigiéndose a la puerta.

GLOSARIO

Activar: encender o poner a funcionar

Arrecife de coral: cadena submarina formada por rocas, diminutos esqueletos y otros materiales

Branquias: órganos ubicados cerca de la boca del pez, a través de los cuales respira

Enorme: mucho más grande de lo normal

Familia: grupo de plantas o animales relacionados entre sí

Género: grupo de plantas o animales relacionados entre sí; es mayor que una especie y menor que una familia

Moderno: lo más nuevo o avanzado

Óptimo: lo mejor o más favorable

Orilla: lugar donde una masa de agua toca la tierra

Sincronizar: hacer que dos sucesos ocurran al mismo tiempo

Ukelele: guitarra pequeña de cuatro cuerdas popular en Hawái

Pregúntale a la Profesora Rizos

¿Son todos los peces buenos nadadores?

 ¡Sí! Además de usar las aletas, mueven el cuerpo para empujar el agua. ¡Son gimnastas de las profundidades!

Sé que los peces se agrupan en cardúmenes, o bancos, para protegerse; pero yo tengo una pecera llena de peces que se agrupan y no tienen nada de qué temer. ¿Cómo se explica eso?

 Hay muchas razones para nadar en cardúmenes, o bancos. A veces los peces nadan juntos para alimentarse. Barren el agua como una red gigante, comiéndose a su paso sus alimentos favoritos.

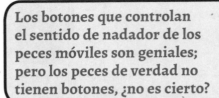 Los botones que controlan el sentido de nadador de los peces móviles son geniales; pero los peces de verdad no tienen botones, ¿no es cierto?

 Buena observación. Los peces reales tienen dentro una bolsa llena de gas llamada vejiga natatoria. Les indica la profundidad a la que se encuentran y regula si el pez se hunde o si flota y cuánto.

¿Cuál es la función de las rayas que tienen a los costados?

 Las rayas son bonitas y funcionales a la vez. Son capaces de percibir pequeños cambios que ocurren en el agua y le avisan al pez si hay otros peces o algún alimento cerca.

El autobús mágico vuelve a despegar

PREGUNTAS y ACTIVIDADES

1. La Srta. Rizos y su clase se fueron a vivir una aventura tropical para escapar de la nieve. ¿A dónde te gustaría ir a ti?

2. Jyoti construyó una mansión para Pargo Dardo, el pez amigo de Wanda. Dibuja tu propia casa submarina.

3. ¿Cómo se siente Wanda cuando sus compañeros acuden a ayudarla a escapar del tiburón?

4. Había un tiburón empecinado en merendarse a los chicos. ¿Cómo se burlan de él?

5. Al final del libro, Wanda dice en broma: "conexión con chicos accionada". ¿Qué quiere decir?